Merci à Jeanne notre dessinatrice
de petits rats d'Opéra.

Certifié PEFC

Ce produit est issu de forêts gérées durablement et de sources contrôlées.

PEFC 10-31-1093

pefc-france.org

IMPRIM'VERT
Votre imprimeur agit pour l'environnement

ISBN 978-2-7002-4590-5

Loi n° 49-956 du 16-07-1949 sur les publications destinées à la jeunesse.

L'école d'Agathe

Pakita | J.-P. Chabot

Sarah
adore la danse

RAGEOT

Vous connaissez Sarah ?
Plus tard, elle sera **danseuse étoile !**

Sarah est très jolie. Elle porte des robes ou des jupes qui volent quand elle tourne. Et elle met des ballerines avec des rubans, comme les danseuses ! Elle en a au moins quatre paires ! Une **rose,** une **bleue,** une **verte,** et même une **dorée !**

– Forcément, quand je serai grande, je serai danseuse ! répète toujours Sarah.

Et Sarah danse… Elle danse partout ! Elle danse dans la cour, dans les couloirs, dans les escaliers, à la cantine !

Première position, deuxième, troisième, quatrième, cinquième position, et elle recommence !

Sarah danse quand elle marche, et quand elle court aussi !

Pirouette, pas de chat, changement de pied, plié, sauté, arabesque !

Sarah danse drôlement bien ! Le mercredi, elle va à l'école de danse. Elle y va aussi le lundi et le vendredi après la classe. Ces jours-là, elle arrive avec un chignon de **danseuse** pour être prête plus vite. On ne la reconnaît pas !

– La danse, c'est ma **passion !** dit toujours Sarah.

Avoir une **passion,** ça veut dire que tu aimes quelque chose ou quelqu'un tellement fort que tu ne penses qu'à ça, et que tu ne parles que de ça !

Moi, par exemple, ma **passion,** c'est les copains et les copines. Maman préférerait que je sois **passionnée** par le travail d'école mais pas question !

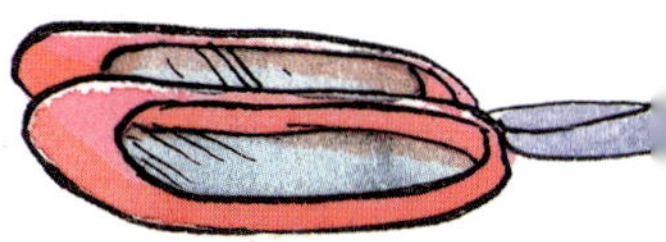

À cause de sa **passion,** Sarah ne joue pas souvent avec nous à la récréation.

Dès qu'on lui propose de sauter à la corde ou bien de se battre pour rire contre les garçons, elle refuse :

– Ah non merci ! Je préfère m'exercer.

Ou :

– Je ne peux pas, je vais abîmer mon chignon !

Et elle part derrière le banc. Elle s'en sert comme d'une barre. Première position, deuxième, troisième…

Mathieu dit que Sarah est un bébé parce qu'elle ne connaît qu'un seul mot : **danser.**

Zizette, elle, la trouve ennuyeuse parce qu'elle ne parle que de danse et Coralie se vante :

– Je danse aussi bien que Sarah mais je ne fais pas la prétentieuse en le montrant à tout le monde !

Alors ça, ça m'étonnerait... Coralie est jalouse de Sarah, vous ne croyez pas ?

Vendredi, dans le vestiaire du gymnase, Tom a pris en cachette le tutu de Sarah. Il l'a mis puis il est arrivé sur la pointe des pieds en l'imitant.

– Petit saut, grand saut, plié, tourné, pointe des pieds, et hop fesses par terre !

On a tous éclaté de rire, Sarah aussi !

– Tu TOMBES bien Tom ! a dit Sarah. Je cherchais un garçon pour m'exercer.

Et elle a obligé Tom à SAUTER plusieurs fois en croisant les jambes.

– Et maintenant, PORTE-moi comme si tu voulais me LANCER dans les nuages !

Tom n'a même pas réussi à SOULEVER Sarah. C'était trop drôle.

Le lendemain, Sarah nous a réunis dans la cour.

– Cette nuit, j'ai eu une super idée ! Pendant la récré, on va danser un grand **ballet** !

– Un balai qui balaie ? a demandé Félix.

– Mais non idiot ! Un **ballet,** c'est une histoire qui se danse ! On va répéter, je serai la **danseuse étoile !**

Sarah a choisi le **ballet Casse-noisette**. C'est l'histoire d'une fille qui, grâce à un casse-noisette magique, va au pays de la Neige et au pays des Bonbons. Sarah nous a montré les pas et on a essayé de faire pareil.

– Petit allegro, grand allegro, arabesque, plié, sauté !

– Et écrasé ! a crié Chloé car Félix venait d'atterrir sur son pied.

Après la cantine, Sarah nous a dit :

– Il est super notre **ballet** mais moi, mon rêve, c'est de devenir **petit rat de l'Opéra** pour danser des vrais grands **ballets** sur scène !

– **Petit rat ?** Berk ! Petite souris, c'est plus mignon ! s'est exclamé Guillaume.

Alors Sarah nous a expliqué :

– À l'Opéra, il y a une école de danse ! Les élèves s'appellent des **petits rats.** On y fait le même travail qu'en classe et en plus, on danse tous les jours ! Mais pour y entrer, il y a un concours très difficile !

– Tu le gagneras Sarah, c'est sûr ! on s'est exclamés.

Pendant la leçon de calcul, Sarah, qui est derrière moi, m'a glissé un dessin en chuchotant :

– Agathe, regarde, j'ai dessiné un grand **ballet.** Au milieu, c'est moi quand je serai étoile !

Son dessin était magnifique. Il y avait plein de danseuses qui faisaient des mouvements : bras arrondis devant, jambes pliées, mains au ciel, pieds croisés...

Je trouvais le dessin de Sarah tellement joli que j'ai tout oublié ! La classe et... la maîtresse ! Tout à coup, je l'ai entendue au-dessus de moi :

– Agathe ! Cela fait trois fois que je t'appelle ! Donne-moi ce que tu as dans les mains !

Je lui ai tendu la feuille et elle s'est aussitôt tournée vers Sarah.

– C'est toi Sarah qui as dessiné cela, n'est-ce pas ?

La maîtresse connaît la **passion** de Sarah. Souvent pendant qu'elle explique les leçons, Sarah continue à danser ! Et hop ! Un bras en l'air ! Et hop ! La tête qui tourne !

Et si tu regardes sous la table de Sarah, tu vois ses pieds qui bougent : tendu, plié, tendu, plié, tendu, plié, tendu, plié !

– Je fais mes assouplissements, dit Sarah.

Ça nous fait rire mais madame Parmentier lui répète toujours :

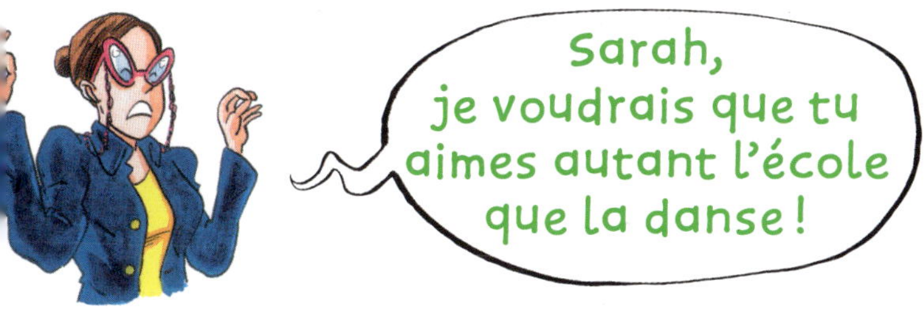

Cette fois, sa voix était sévère :

– Sarah ! Ton dessin est très joli mais j'aurais préféré que tu le fasses chez toi plutôt qu'en classe ! Viens au tableau !

C'était horrible ! À cause de moi, Sarah était interrogée ! Et comme d'habitude, elle ne savait pas répondre ! Forcément, elle avait dessiné pendant les explications...

– Sarah, j'en ai assez ! a dit la maîtresse. Tu penses trop à **danser** et pas assez à travailler. Je veux voir tes parents à la sortie !

Dans la classe, on n'a plus entendu un seul bruit. Et pour la première fois de sa vie (j'en suis sûre et certaine !), pas un seul petit morceau du corps de Sarah ne dansait.

Car on sait que quand la maîtresse voit nos parents, ça veut dire qu'ensuite on n'a plus le droit de s'amuser, plus le droit de regarder la télé... juste le droit de travailler !

Et pour Sarah, c'était pire ! Le lendemain matin, quand elle est arrivée dans la cour, on ne l'a pas reconnue.

Pas de sourire, pas de pirouette ni d'arabesque... Sarah ne dansait plus.

– Si je n'ai pas des bonnes notes en classe, mes parents ne veulent plus que j'aille à la danse sauf le mercredi. Mais ce n'est pas assez pour être danseuse étoile !

Et elle a éclaté en sanglots.

Ne pleure pas, Sarah, on va t'aider !
Oui ! On va te faire réciter les leçons !
Et aussi les poésies !

Et on l'a fait ! À la récré et après l'école, on a aidé Sarah chacun notre tour.

– Concentre-toi ! je lui ai dit.

– Quand c'est trop dur, pense à l'école des **petits rats !** lui a soufflé Zoé à l'oreille.

Ce qui est drôle, c'est que d'aider Sarah, ça a donné du courage à toute la classe.

– Je ne sais pas ce qui se passe mais vous travaillez très bien en ce moment ! a dit la maîtresse.

Oups ! Comme d'habitude, il est tard !

Ce soir, Sarah m'a téléphoné. Elle riait.

– Agathe, la maîtresse a dit à mes parents que je faisais des progrès. Je peux retourner à la danse le vendredi !

C'est sûr ! Quand elle sera grande, Sarah sera **danseuse étoile !**

Allez ! Bonne nuit les amis ! **Dansez** bien dans vos rêves !

L'auteur

Pakita aime tous les enfants ! Les petits, les gros, les grands, avec des yeux bleus, verts ou jaunes, avec la peau noire, rouge, orange, qui marchent ou qui roulent, et même ceux qui bêtisent !
Pour eux, elle se transforme en fée rousse à lunettes, elle joue, elle chante, elle écrit des histoires et des chansons pour les CD, les livres ou pour le dessin animé.

L'illustrateur

Jean-Philippe Chabot est né à Chartres en 1966. Avant d'entrer à l'école il dessinait déjà. À l'école, il dessinait encore. Puis il a choisi de faire des études de... dessin. Et maintenant, son travail c'est illustrer des albums et des romans.
Il est très heureux de dessiner tous les jours et parfois même la nuit mais toujours en musique.

L'école d'Agathe

32 pages - 5,20 €

n° 1

n° 2

n° 3

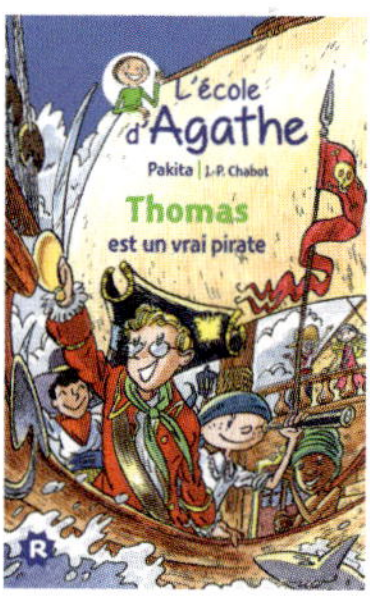

n° 4

n° 5

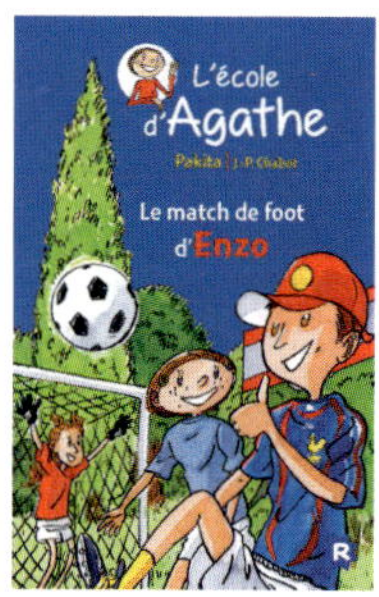

n° 6

n° 7

n° 8

n° 9

n° 10

n° 13

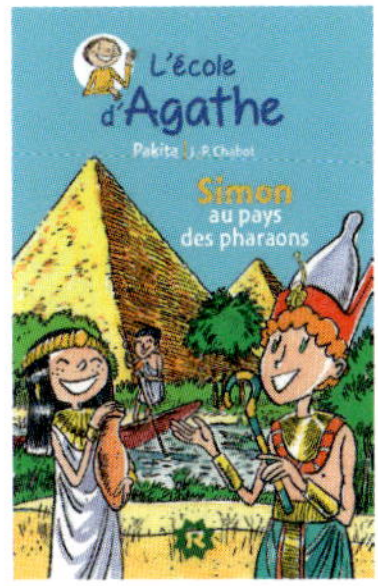

n° 14

64 pages - 7,10 €

n° 11

n° 12

L'école d'Agathe

Toute la série
L'école d'Agathe
sur www.rageot.fr

PAPIER À BASE DE FIBRES CERTIFIÉES

RAGEOT s'engage pour l'environnement en réduisant l'empreinte carbone de ses livres. Celle de cet exemplaire est de :
184 g éq. CO_2
Rendez-vous sur www.rageot-durable.fr

Achevé d'imprimer en France en décembre 2013
par I.M.E. – 25110 Baume-les-Dames
Dépôt légal : janvier 2014
N° d'édition : 5980 - 01